Sister & Vampire

8

Akatsuki

Sister & Vampire

8

Inhalt

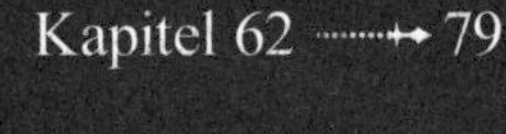

Gibt es nichts, das du dir wünschst, Erna?
Ich habe mir meinen Wunsch erfüllt.
Ich bin eine Schwester geworden, die Gott dient. So wie Schwester Alicia, die mich gerettet hat.
Was soll ich mir da noch wünschen?
Verlangte ich mehr als das, würde mich noch eine Strafe ereilen!
Schmunzel
Du bist ...
... eine reine und selbstlose weiße Blume.

Blubb
Blubb
Blubber

Klopf
Klopf
Wie lange willst du noch da drin bleiben, Erna?
Blubber
Ich bin während der Totenmesse ausgekühlt ...
... und das große Bett ist zu kalt.

Kannst du ...
... dich nicht noch etwas gedulden?
Brrz
Flipp
Du bist echt grausam.
Kachak
Ich hab's. Wollen wir uns bei der Gelegenheit gegenseitig in der Badewanne wärmen?
Kriee

Tropf
Mein ...
... Verlan-
gen.

Sister & Vampire
Kapitel 57

Rumms
Kyah!
Fwmp
Was
...
...
soll
dieser
Blick?

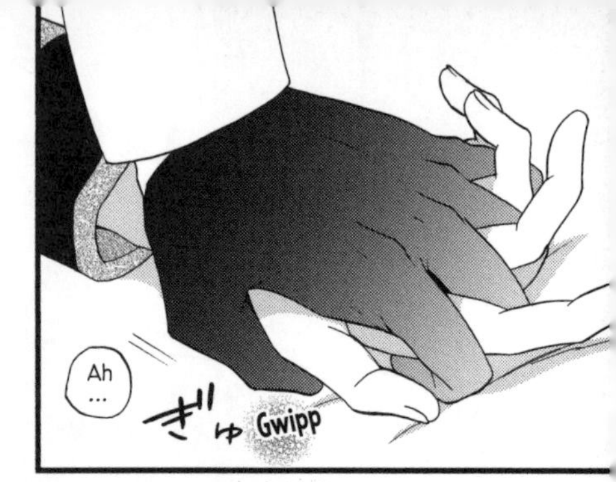

Seine Hände sind groß und warm ...

... und er duftet wie eine Winternacht.

Sieh mich weiter mit diesem Blick an.

Küss
War... !
Slrp
Mh!
Küss
Mhh ...
Richters Geruch ...
... ich liebe ihn.
Hah!
Haah ...

Hramm
Ahh!
Ich bin eine dem Herrn dienende Schwester.
... ist dir gerade etwas klar geworden?
Schlrp
Aber ...
Erna ...

Ich ...
ぴちゃん..
Plipp
... weiß es nicht.
Du lügst.
Unbe-
sudelte,
heilige
Schwes-
ter mit
deinem
...
...
reinen,
schönen,
schnee-
weißen
Herzen
...
ぱさ Flopp
ぱさ Flopp
Wonach verlangte es dich?

Was …
… war dein Begehren?
»Erna …«

Ssst
Ah …
Ke he
Ke he
Ich werde dich die ganze Nacht lang verwöhnen.
Wenn du also bereit bist …
… dann sage es mir mit diesen Lippen.
Streich
Zuck
Sobald du das tust, gebe ich es dir sofort.

Ich werde dich voll und ganz verschlin-gen.
Tack
Der Krä-hen-Bastard scheint diese Stadt verlas-sen zu haben.

Vampire ...
... und Menschen ...
Als ob Liebe zwischen ihnen existieren könnte.
»Hätte er dich geliebt, wäre er nicht verschwunden, Mama!
Er hätte dich nie zurückgelassen! Das willst du nur glauben, um mit dem Elend, jemanden wie mich großziehen zu müssen, umgehen zu können!
Hör endlich auf, ›Familie‹ zu spielen!«
Tack
Die Kleine hat den gleichen Blick wie sie ...

So was wie Liebe ist für sie bedeutungslos.
»Vampire haben kein Herz, das dazu fähig wäre.«
So läuft das nicht.
Die Kleine wird nur unglücklich werden.
Hab keine Angst, verfalle mir einfach.

Gib mir nur ein einfaches »Ja« und ich werde dich den unvergleichlichen Geschmack des Honigs lehren.
Ich werde dir alles von mir geben.
Ein Jahrhunderte lebendes Monster und ein in wenigen Dekaden sterbender Mensch. Ein verhasster und gejagter Vampir und der Mensch, der zurückbleibt.
Was bleibt da noch übrig?
Ist die Lust erst gestillt ...
... bleibt nichts mehr!
Und falls doch ...

Richter …
… ich …
… ich …
Der Vampir Richter und Schwester Erna sollen sich im Gasthof an der Ecke aufhalten!
Hä?!
Ich geb der Kirche Bescheid.
Auch die Stadtbewohner müssen informiert werden!

Kapitel 58

Zu Beginn …
… hatte ich einfach nur Angst.
Aber ich lernte ihn kennen …
… fing an ihm zu vertrauen …
… wünschte mir, an seiner Seite bleiben zu können.
Und dann …
Richter …
… ich …

... liebe ...
... di...
Bamm
カチャン
Kachak
Hey! Verschwindet von hier!
Die Leute aus der Stadt haben euch entdeckt.
Die Kirche wird gleich hier sein!

Tack
Ich verschaffe euch Zeit.
Tack
Verschwindet durch den Hintereingang.
Danach ...
Tack
Raschel
Das Timing hätte nicht schlechter sein können.

Flapp
バッ
Es gibt noch Dinge, die ich dich fragen will. Verreckst du, hab ich ein Problem, also beweg endlich deinen Arsch!
Plopp
ぽす
Benutz das, um für den Fall der Fälle dein Gesicht zu verhüllen!
Herr Dhampir …
Kleine, weißt du, was übrig bleibt, wenn ein Vampir …
… und ein Mensch sich ineinander verlieben?
Was …?

Trappel
バタ
Trappel
バタ
Und die beiden in diesem Zimmer sind wirklich ein Vampir und eine Ordensschwester?
Vorsicht!
Hä?!
Bonk
Agh!
Do do domp
どたた
Waah!
Tack
コツ
W...
Wer bist du?!
Tja ... Wer bin ich wohl ...?
Hä?!

ふわ Fwaah
... Der Geruch vom Blut der Kleinen ...
Was mache ich hier eigentlich?
Bist ...
Bist du der Vampir Richter?!
Kerle, die bis vorhin ganz normal mit mir umgingen, ändern ihr Verhalten schlagartig, sobald ich meine Fangzähne zeige.
Sie werden zu Monstern, die keine Worte mehr erreichen können.
Richter ...
Das Monster ist hier!

Sie ändern sich nie, was?

Weder Vampire noch Menschen.

Nur ein kleiner Bruchteil ist da anders.

Ich möchte nicht, dass die Kleine verletzt wird, deswegen verhelfe ich ihr zur Flucht. Das ist alles.

Bamm

Wer hat euch von dem Vampir erzählt?

Uuh ...

L...

Leute aus der Stadt ...

Woher wussten sie das?

Haah

Keine Ahnung!

Hah

Zufällig
…?
Klick
Bäng

Uwaah!
Uh!
Ich hörte, Richter sei hier, und kam her ...
... aber es scheint ein weiteres Exemplar zu geben.
Hä?
Ein anderer Vampir als Richter?!
Hah
Gut ...
... dass Sie gekommen sind, Pater!
Hah
Hah

Hah
Hah
Knirsch
Heimtückische Krähe ...
Gah!
Dosch
Dass Sie Richter hier haben übernachten lassen ... Haben Sie nichts bemerkt?
Ich war überzeugt, es handelt sich um einen Herrn und seine Magd.
Darauf habe ich von meiner Unterhaltung mit ihnen geschlossen.
Ein Herr mit Hut ...
... und eine zierliche Magd.
...

Wo ist Pater Ivan hin?
Er führt gerade ein Verhör durch.
Natürlich …
Trotz Silberkugeln hält er sich gut.
… Erbärmlich …
Bitte bemerke …
Dodomm
… dass die Krähe wieder irgendwas im Schilde führt.
Swusch
Willkommen zurück.

Was ist ... ... passiert?
...
Weißt du, was übrig bleibt, wenn ein Vampir und ein Mensch sich ineinander verlieben?
Lediglich eine klaffende Leere.
Herr Dhampir ...
Raschel
Raschel

Hmpf ... Dort ist also dein Nest.
Dein Sarg ...
Uh ...
Grkk
Benei-denswert.
Ich will sie haben.

Kraaah
Kapitel 59
Willkommen zurück.
Krah
Kraaah
Mh
Hm? Ist das so?
Krah
Krah
Wirklich ...
... bemitleidenswert.
Kraah
Das kommt unerwartet ...

Fssch
Das Straf-
kommando
hat sich also
in Bewegung
gesetzt?
Uh
...
Zuck
Zuck
Hm, ich
hab's ...

Mir ist da was richtig Gutes eingefallen.
Ich bitte vielmals um Entschuldigung.
Ach was! Ich war zu unvorsichtig.
Ihr seid nur in Gefahr geraten, weil ich euch gebeten habe, am Totenfest teilzunehmen.

Hätte der Herr Dhampir uns nicht geholfen ...
...
Der Mischling ist zäh.
Flupp
ひょい
Aber gerade weil er einem Menschen so ähnelt, könnten die Verletzungen ihn töten.
Machst du dir jetzt etwa Sorgen um ihn?
Natürlich! Immerhin hat er uns ...
... hat er dich gerettet, Richter!
Fwump

Ja?
Er hat dich und mich ...
Der Kerl lässt sich nicht so leicht klein-kriegen.
Er hat »dich« gerettet.
Warum hast du denn nicht bemerkt, dass die Stadt-bewohner euch auf die Pelle rücken?
Du warst doch ...
... be-stimmt zu ent-spannt ...

Im Ge-
genteil
...

Ent-
span-
nung
ist ...

...
nirgend-
wo mehr
möglich
...

Puh ...

Ist es ...

... jetzt so weit?

Hier werden wir ras- ten?

Ja.

Zu der Stadt, in der sich der Vampir aufhalten soll, ist es noch weit. Wir müssen auf un- sere Gesundheit achten.

Dieses Buch ...

Sie haben es unzählige Male gelesen. Was steht darin?

Pamm

Die Kunst, einen Vampir zu töten.
Klopf
Klopf
Verzeihung ...
Kriee
Ich habe dem Strafkommando ...
... etwas ...
... zu berichten.

Im Wald scheint sich ein Mann aufzuhalten, der eine Schwester bei sich hat.
Ich habe mich gefragt ...
... ob es sich dabei nicht um den Vampir Richter von den Fahndungsplakaten handeln könnte.

Mach nicht so ein Gesicht!
Wie?
»Ich muss sie beschützen, auch wenn ich dabei mein Leben aufs Spiel setze!«
... meinst du wohl.
Sie ...
... müssen ...
... mir genauestens davon erzählen, Schwester.

Frage-und-Antwort-Spiel beim Beichten (oder: Ein kleiner Scherz am Rande)

Frage: Bist du Richter gegenüber nicht zu herrisch, obwohl er dein Herr ist?

Es ist eher ...

... mein Herr ...

... der mich herumschubst.

Entspannung ist ...

... nirgendwo mehr möglich.

Du willst wohl wieder zu Staub werden, was?

Zwischenakt 59.5
Badumm
Badumm
Es ist ein Tag vergangen, seit wir ins Anwesen ...
... zurückgekehrt sind.
Prassel
Es regnet ...
... oder?
Prassel
Ja ...
... tut es.
Magst du den ...
... Regen?
Darüber hab ich mir nie Gedanken gemacht.
Ich mag ihn.
Ach ja?
Schwester Alicia und ich wurden nämlich an einem regnerischen Tag zu einer Familie.
Mir hat an einem Regentag ...

... ein Mischling auf einem Schiff ständig dazwischengefunkt ...
... und noch dazu wurde ich bei einem Kampf auf hoher See aufgespießt.
Das war meine Schuld!
Also, damals ...
Danach ...
Äh!
... kämpfte ich mit dem Bastard ...
Oh!
... und hatte in der Kirche der heiligen Mutter ein Gefecht mit dem Hund.
Es tut mir so leid!
Uwaah!
Für dich sind das keine schönen Erinnerungen!
Und dann ...
... fand ich dieses Haus und bekam Lawrence in die Hände.
In dieser Stadt durfte ich dich als Braut sehen ...
... und du schworst, an meiner Seite zu bleiben.
Und nach den Vorfällen beim Totenfest sind wir jetzt hier zusammen.
Ja, wenn man so darüber nachdenkt, dann ist er tatsächlich ...
... gar nicht mal so schlecht.

Zwischenakt 59.5 / Ende

Raschel
パサ..
Tick
Tick
Tick
Kapitel 60

Ist es ...
... überhaupt noch in Ordnung, dass ich die Tracht trage?
Swusch
Huch?
Wo willst du mitten am Tag hin?
Einen Kontrollgang machen.
Als wir die Stadt verließen, sah ich die Hunde der Kirche.
Aber auch alle anderen Städte, an denen wir vorbeizogen, waren verdächtig in Aufruhr.
Ich hab mehrere Tage drüber nachgedacht und es lässt mir keine Ruhe.

Zerr
ぐい
Zerr
ぐい
Dann ist es umso gefährlicher, jetzt drau-ßen rumzu-laufen.
Außerdem steht die Sonne hoch am Himmel!
Ich halte den Eingang zu diesem Anwesen verschlos-sen.
Sie wer-den uns niemals finden.
Sollten sie jedoch jemanden haben, der sie führt ...

Rauch ...?
Ha ha!
Es geht los.

Da bist du also.

Richter!
Erna ...
Wo ...
... willst du hin?

Ich sagte doch ...
... du sollst sie in ihrem Zimmer einschließen, Lawrence.
Tut mir leid ...
Besprich das bitte auch mit mir!
...
Drück ぎゅううう..
Nicht! Du wirst nur wieder schwer verletzt!
Wuschel くしゃ
Die Kirche hat dieses Haus gefunden. Sie werden bald angreifen.
Ich hab's!
Lass uns drei zunächst irgendwohin fliehen!
Deswegen gehe ich los, um sie zu vernichten.
Das geht nicht.

Lawrence kann sich nicht von diesem An-wesen lösen.
Er ist ein Geist, der fester mit diesem Anwesen verbunden ist als alles andere.
Des-wegen ...
... konnte er auch zum Kern des Sarges werden.
Zum Kern des Sarges?

Haa ...
Ich komme wieder.

Ah!
Warte!
Rich-ter!
Dabei …
… weiß ich …
Richter ist stark. Selbst wenn er verletzt wird, passiert ihm nichts, solange er diesen Ort hier hat.
… doch gar nichts über ihn …
Ich sagte, dass es mir nichts aus-macht.
Aber auf diese Weise werde ich doch nicht an seiner Seite bleiben können.
Wa-rum …

... kann ich nicht Sie sein, Lawrence?
...
Richter und ich sind uns tatsächlich ähnlich, was?
Zumindest darin, dass wir Abschaum sind, der dich zum Weinen bringt.

Das ist tatsächlich ein Vampirnest?!
Als Sarg ...
... bezeichnet man den Schlafplatz, den sich ein Vampir in seinem Nest baut.
Kriee
Ein Ort voller Magie, der jegliche Wunden zu heilen vermag.
Nur ein Urvater ist in der Lage, so einen Ort zu schaffen.
Kriee

Das hier ...
... ist der Herzteil des Sarges ...
... »der Kern«.
Zumindest sollte dieser Ort planmäßig dazu werden.
Für gewöhnlich wird ein Ort, durch den Magie leicht strömen kann, zum Kern.
Im Falle dieses Anwesens jedoch ...
»Er ist ein Geist, der fester mit diesem Anwesen verbunden ist als alles andere.«

Solange es den Kern gibt, der ihn mit der aus dem Blut gesaugten Magie versorgt ...
... wird er immer wiederbelebt.
Solange es mich gibt ...
... wird Richter nicht sterben.

Damit wäre wohl der Großteil erledigt.

Kapitel 61

Flapp
Du Teufel!
Verbrenne in der Sonne und verrecke!
»Richter!«
Fschh
Fschh

»Ich werde
an deiner Seite
bleiben.«

Tapp
Tapp
Tapp
Weiße Uniform ...
Das Strafkommando?
Vampir Richter gesichtet!
Geht zum Angriff über!
Bäng
Ist mir nur recht ...

Holt »den Kerl« her ...
Boom

Ist er ... etwa dorthin gegan-gen?
Klatter
Klatter

Mein
Beileid
...

Dort gibt es nämlich einen mord-lustigen Geist.
Meine Güte ...!
Swusch
Wer hat euch die Erlaubnis gegeben, diese Außenmauer zu zerstören?!
Waas?!

Bäng
Bäng
Bäng
Klatter
»Der Pater mit der Augenklappe ist eingedrungen.
Verlass bitte auf keinen Fall dieses Zimmer.«
Pater Julius …
Frohe Weihnachten!

Hier, bitte!
Du warst auch dieses Jahr ganz brav, nicht wahr?
Danke, Schwes-ter!
Hier!
Bitte schön!
Ich hab mich mit Anna gestritten und gemeine Dinge gesagt ...
Ich bin nicht brav gewesen.

Deswegen hat meine Mama mich auch zurückgelassen!
Schluchz
ひっく
Tut mir leid!
ひっく
Schluchz
Es tut mir so lei...
Du bist ein braves Kind.
Ein unsagbar kostbares Kind.
Wollen wir uns jetzt gleich bei Anna entschuldigen gehen?

Schön, dass sie sich wieder vertragen haben, nicht?
ザァ
Whiuu
Whiuu
...
Ich wusste nicht, was ich sagen soll.
?
»Deswegen hat meine Mama mich auch zurückgelassen!«
Weißt du, was mehr aussagt als Worte?

Herr Julius?!

Patt ぽん

ぽん Patt

Pschhh ぷしー

Deine Wärme und dein Lächeln haben die Macht, alle glücklich zu machen.

Je-mand wie ich ...

Du darfst dich selbst nicht so runter-machen.

T... Tut mir leid!

Aber was soll ich dann ...?

Flapp ぱた

ぱた Flapp

Ein …
… einfaches »Danke!« …
… reicht.
Ich hoffe …
… dass irgendwann jemand erscheint, der die gefrorenen Teile deines Herzens zu schmelzen vermag.
…
Vielen … … Dank.
Gern geschehen.

Dafür werde ich stets zum Herrn beten.
Und ich wünsche mir ...
... dass das ...
Herr Julius ...
Nein ...
Pater!
Ich werde definitiv eine gute Schwester werden!
Ich wünsche mir, vielen Leuten helfen zu können!

Ich ...
... möchte nicht, dass jemand verletzt wird!
Also warum passiert so etwas?
Klopf
コン
Klopf
コン
ズ!! Ssrt
ズ!! Ssrt
Magie ...?

Richter!
Bamm
Du bist wirklich ...
... ein Dumm-kopf.

Kapitel 62

Was sind das für Dinger?!
Bäng
Ist das hier wirklich Richters Nest?!
Lasst nicht nach! Die Silberkugeln funktionieren!
Fhiuu
Ob Schwester Erna tatsächlich noch am Leben i...?
Sching

Fwomp
どさっ
ぱし
Schnapp
I... Ich bitte um Verzei-hung!
Wupp
さ
»Herr Julius!«
Erna ...

Vorsicht, Pater Julius!
Zuck

Klirr
Ssrt
Ssrt
Ssrt
Es ist zwar meine Spezialität, Fallen zu umgehen ...
Krah
Ssrt
... aber wenn es so viele sind wie hier, hab auch ich irgendwann keine Lust mehr.
Ssrt
Krah

ばっ
Badamm
Switt

Ich lasse dich nicht entkommen!

Eine Schwester?!
Sie war lecker!
Weil der Urvater solchen Gefallen an einer Schwester ...
... gefunden hat, wollte ich mir auch eine erbeuten.
Ich dachte, wenn ich ...
... auf die gleiche Art speise wie er, wird es mich befriedigen.
Tack
Aber seit ihr aus der Stadt zurückgekehrt seid, hielt er dich immer wieder bloß in seinen Armen.
Er tat nichts anderes, als dich zu betrachten.
Obwohl er genauso ein Vampir ist wie ich, taugt er nicht als Vorbild.
Deswegen hab ich sie verschlungen.
Er ist nicht wie du!

Doch, ist er!

Er hat ebenfalls auf diese Weise nicht gerade wenig Beute erjagt ...
... und geschändet.

Ach ...
Stimmt ja, du bist eine seiner austauschbaren Leibspeisen, daher hat er dir sicher nichts davon erzählt.
Tut mir leid ...
Hab ich dich verletzt?

Ist das alles, was du mir zu sagen hast?
Zupp
Dabei hast du doch in Wirklichkeit solche Angst ...
Was denn ...
Zitter

Snff
すん
Das hier gefällt dem Urvater ...?
Es riecht ganz süßlich.
Ngh
Uh!
Hm?
Jetzt sag schon was.
Fsst
Fsst
Na ...?
Fwupp
Funkel

Hramm
Slpp
Nur Spaß ...

Dachtest du, ich hätte dich gebissen?

Ha ha!
Dieser Gesichtsausdruck steht einer Beute doch am besten!

So wie der Gesichtsausdruck, den sie haben, wenn sie sich ihrer Lust hingeben.

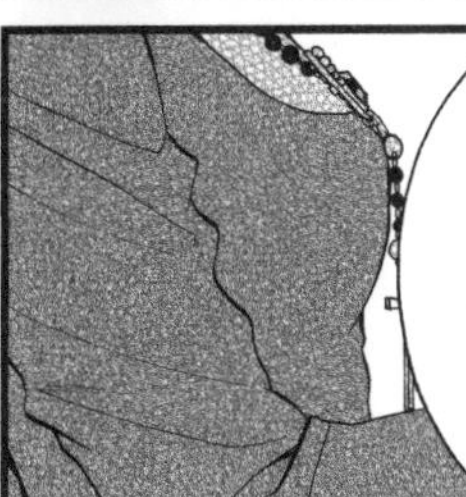

Batsch

Richter ist der Einzige, dem ich mein Blut gebe!
Ich werde dir ...
... niemals ...
... auch nur einen Trop-fen meines Blutes oder gar mein Herz überlassen.

Du besitzt nämlich kein Herz!
Durst ...
Batsch
Mf!
Du ...
... hast doch gar keine Ah-
nung ...

»Ich liebe dich!«
Batamm
Ich werde dir von …
… den Urvätern erzählen …
Ich ver-spüre …
… jetzt nämlich das Verlangen, dich durch und durch zu verletzen.

Fhiuu
Ich bin über-rascht.
Einen Geist sehe ich zum ers-ten Mal!
Er ist durch-sich-tig!
Hat er die Hände kontrol-liert?
Ts!
»Julius« …

Wo ist der Kern des Sarges?
Huch ... Du kennst also Begriffe wie »Kern des Sarges«?
Dann ist hier wohl tatsächlich Richters Nest ...
... und du gehörst zum Gefolge.
Ein Hindernis, das mich davon abhalten soll, »meine« Erna zurückzubekommen.
»Julius ...
Ein Pater aus der Kirche, der sehr an Erna hängt und mir ein Dorn im Auge ist.«

Ich gebe Erna nicht her!
Die sind beide aus dem gleichen Holz geschnitzt.
Ssrt
Denkst du etwa, so was würde bei einem Geist wirken?
Fhiuu
Bäng
Ich habe es nur mal ausprobiert.
Sst
Hätte die Silberpeitsche gereicht, müsste ich mir keine weitere Mühe machen.
Bäng

Whupp
Klack
Was genau ist ein Geist wohl, hm?
In unserer Kirche sieht man sie als Wesen an ...
... die sich nicht an die Lehren Gottes halten und Pakte mit Dämonen schließen.

Und was hat das mit mir als Geist zu tun?
Fwaah
Da Richter solchen Gefallen an dir gefunden hat, dass er dich mit dem Schutz des Sarges beauftragt, in dem Erna gefangen gehalten wird ...
... hat er es dir sicher erzählt, oder?
Was die wahre Gestalt der Urväter ist ...
Einst streckte der erste Papst ...
Switt
... mit diesem Schwert einen Vampir-Urvater nieder.

Dass sie in Wahrheit ...

Bamm

Wwp

Verzeih mir, Erna. Ich werde deinen Wunsch nicht erfüllen können.

»Pater Julius ist wirklich kein schlechter Mensch.«

Daher ...

... falls irgendwie möglich ...

Dabei will ich dich eigentlich nicht mehr weinen sehen.

Swusch

Fssch
Immer-
hin waren
wir noch
mitten im
Gespräch.

Ssrt
Ssrt
Schlecht
erzogen, wie
nicht anders von
einem Gefolgs-
mann Richters
zu erwarten.

Dieses
Schwert
wirkt tat-
sächlich nicht
gegen Geis-
ter, was?

Die wahre Gestalt eines Urvaters ...

... ist schließlich die eines Teufels, nicht?

Vor langer Zeit gab es einen Menschen ...
... der sich Unsterblichkeit wünschte und seine Seele dem Teufel verkaufte.
Der Teufel gab ihm ein Herz und er wurde zu einem Vampir.
Er war der erste Vampir-Urvater.
Schließlich wurde er von der Kirche nieder-gestreckt und aus den Splittern seines Herzens ...
... wurden Vampire gebo-ren, die seine Magie erbten.
Aus diesem Grund werden wir Urväter genannt.
Kapitel 63

Er war kein gewöhnliches Monster wie ich, das nicht mal einen Sarg bauen kann.
Die Rede ist hier von einem weiteren idiotischen Urvater.
Ngh!
Hramm
Mhh ...!
Schlrp
Swwt
Swwt
Ah!
Ah ...!
Zuck

Drück
Hah!
Gehst in solch einer Nacht spazieren ... Wolltest du mich etwa verführen?
Dann werde ich dich wunschgemäß verschlingen.
Vielen ... ... Dank ...
... dass du mich so glücklich sterben lässt.

Rausch
Hey, tötest du mich nicht? Du bist doch ein Vampir, oder?
Schleif
Hey!
Hey!
Heeey!
...
Schleif
Gehört dieses Anwesen dir?
... für eine niedere Beute.
Hey!
Fwusch
Hah ...
Du bildest dir viel ein ...
Hi hi!
Was gibt's da zu lachen?
Jetzt hab ich ein Problem!
Du hast ein großes Herz, was?
Hi hi hi!
Wie bitte?
Hi hi hi!
Hi ...
Öhö

Öhö
Öhö
Öhö
Platsch
Alle begegnen mir nur mit einem Lächeln und sagen ...
... dass ich gesund werde. Dass alles gut wird.
Bitte iss mich schnell, bevor ich sterbe.
Es macht mich froh, jemandem von Nutzen sein zu können ...
Öhö
Öhö
Vampire sind Monster ohne Herz ...
... und dennoch ...
Das ist also das Meer!

So groß und weit ist die Welt ...
Da ich das Meer vor meinem Tod mit eigenen Augen sehen wollte, bin ich von zu Hause ausgerissen ...
... und bin dabei dir begegnet.
Du wurdest mir von Gott gesandt.
... pocht mein Herz, das ich eigentlich nicht haben sollte.

Ich gebe dir alles, was ich besitze.
Lass …
… »etwas« übrig bleiben …
… das zu einer Kraft wird, die dich am Leben erhält.

Öhö
Öhö
Öhö
Öhff
Öhö
Öhö
Ich besitze Kräfte, die mit solcher Leichtigkeit zerstören.
Das Gegenteil können sie jedoch nicht bewirken?
Meine Herrschaften!
Das gnädige Fräulein ist zurückgekehrt!
Ruft einen Arzt!
Wo warst du, dass du jetzt in so einem Zustand bist?!
Du sagtest doch, du würdest mich zu deiner Beute machen ...
Lügner ...

Willst du mir damit sagen, dass Richter und mir das Gleiche widerfährt?
Dass uns eine Trennung bevorsteht?
Jener Urvater ...
... beging Selbstmord.
»Als Einziger ...
... eine solche Sache wie die Ewigkeit zu besitzen und immer weiter zu existieren ...
... macht mir Angst.«

Und derjenige, der aus den Splittern seines Herzens geboren wurde ...

... war ich.

Ich frage mich, ob alle Vampire, die aus den Splittern gestorbener Urväter geboren werden ...

... genauso wie ich ihre Erinnerungen erben.

Das ist es ...

... was ich wissen möchte.

Wamm
Knack
Richter ...!
Klirr
Schaaa

Kapitel 64

Ist das alles, was du mir zu sagen hast?

Erst habe ich mich gewundert, wie das Anwesen enttarnt werden konnte, aber jetzt wird es mir klar.
Alles wegen dem schwachen Abschaum, der verzweifelt Informationen gesammelt und die Kirche für seine Zwecke missbraucht hat.
Und ...?
Bist du zufrieden?
Fsssch
Du stehst kurz vor deinem Tod!
Wag es nicht, auf mich herabzuschauen!
Du ...!

Du sollst wie jener Urvater verend...
Dosch
Krack
Kriee
M... Mist ...!
Kracks
Klatter
Klatter
Vor-sicht ... ... Richter!
Klatter

Rausch
ザザーン..

Das Erste, was ich zu Gesicht bekam, war das mond- und sternenlose Meer bei dunkler Nacht.
Raschel
ザザン..

Das und ...
Rausch
ザザン..

... Erinnerungen an Tage tiefster Zufriedenheit.

Du Teufel ...!
Ah!
Aah!
»Sag, wie lautet dein Name?«
»Ich heiße Diana!«
»Meryl ...«
»Unsere Namen bedeuten Mond und Meer. Wir passen gut zusammen!
Du wurdest mir tatsächlich von Gott gesandt, oder?«

So ein Schwach-sinn ...
Von ... ... wegen Mond und Meer!
Sie waren einfach nur ein Vampir und seine ... ... Beu-te.
Oh Mann ...
Dabei ... wäre ich sicher auch zutiefst zu-frieden ...
... hätte ich auch so eine tolle Beu-te ver-schlingen können ...
... wie ihr Urväter ...

Richter, du ...
Öhö
... wirst doch selbst bald sterben. Würdest du mir nicht die Hälfte deiner Beute abgeben?
Wenn du die da wegwirfst und überlebst, wirst du viele Chancen auf bessere Beute haben, nicht?
Kinder werden laut, wenn es Essenszeit ist.
Und Frauen sind doch nur überanhänglicher, nervtötender Müll, der ständig einen Aufriss macht!
Tack
Gott ...
... wird sicher auch deine Sünden vergeben.
Hah ...
Wieder diese Schönrednerei?
Aber ...

... ich kann es nicht.
Du hast viele Menschen umgebracht und sie mit Füßen getreten!
Zudem hast du Richter so sehr verletzt!
Ich werde dir nicht verzeihen ...!

Kracks
メリキッ
Erna!
Klatter
ガラ
Klatter
ガラ
Fssch
シュアアア
Ha ha …!
Ich versteh euch nicht …
Zu schade …
Dabei …
… woll-te ich sehen …
… was nach dem Tod … eines Ur-vaters …
… passiert …

Aber
...

...
zu sterben,
während ich
...

...
das meinetwegen
heulende Gesicht
von dir Dummkopf
betrachten kann,
ist auch nicht so
schlecht, was?

Was das ...
... wohl ist?

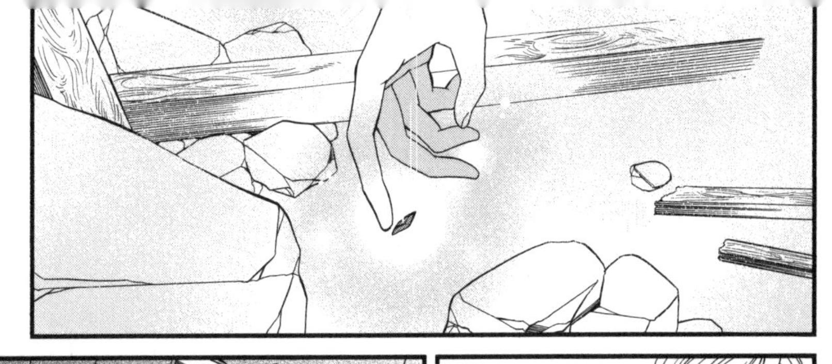

Brösel
ボロッ

Erna?
サラ
Schhh
サラ
Schhh

Ich
...

Gab es etwas ...
... was ich ihm hät-te sagen können?
Irgend-etwas ...
Es war mehr als genug.
Wwp
Noch mehr Anteilnahme sollte dein Herz nur mir entge-genbringen.

Schlpp
Tut mir leid, dass ich so spät dran war.
Bäng
Klatter
Bäng
Richter ... bitte ...
... geh nicht fort, ja?

Verlasse mich nicht!
Geh nicht an einen Ort, den ich nicht kenne!
Ritsch
Ritsch
Zurr
ぎゅっ
Schluchz
ひっく…
Schnief
ぐす…

Badumm
Taumel
Richter?!
Kaboom
Aah!

Groooh
Groooh
Bröckel
Bröckel
Erna?
Lawrence?
Tapp

Ah ...
Endlich sehen wir uns wieder ...
... meine heilige Schwester.

Kapitel 65

Gro
o
o
h

Lass uns heimkehren, Erna!
Meine arme Erna ...
Dein Herz wurde von einem Vampir besudelt.
Du bemitleidenswerte, umherirrende heilige Schwester!
Du verstehst es einfach nicht.
Ich bin der Einzige, der dich auf den richtigen Weg führen kann.
Ich ...
Gerade ich ...

»Wähl keinen anderen Mann als mich.«

»Du gehörst mir.«

Du bemitleidenswerter Pater!
Sching
Ts!
Bäng
Bei dem Vampir sollten die Silberkugeln wirken!
Lasst ihn nicht zum Geist durch!
Fssch

Jemand wie du kann gegen Richter nicht gewinnen.
Du bist ein schlechter Verlierer, was?
Wo ist der Kern des Sarges?
Wenn ich ihn zerstöre, wird selbst der Urvater …
Erna wird dich nicht wählen.
Sie wählt Richter.

Bitte hören Sie endlich auf, Pater Julius!
Sie haben mich die ganze Zeit über geleitet.
Bleib da!
»Ein einfaches ›Danke!‹ …
… reicht.«
Die Worte, die Sie mir geschenkt haben …
… wie auch Ihre Güte …
… gleichen denen der Eltern, die ich nie hatte.
Sie haben mir beigebracht, anderen mit Liebe zu begegnen, Pater Julius!

Deswe-
gen bin
ich hier!
Irgend-
wann
...

»Ich hoffe, dass irgendwann jemand erscheint, der die gefrorenen Teile deines Herzens zu schmelzen vermag.«
»Und …
… ich wünsche mir …
… dass das …«

Tschack
Lawrence!

Pack
Ah ...
... du ...
... hast es bemerkt, was?
Ver-schwinde endlich, Geist!
Sching
Du bist ganz schön ...
... hart-näckig ...
Drück
Wwp
Quieee

Zasch
Pater Julius!
Schhhht
Lawrence! So leicht kriegt man dich doch nicht klein, oder?
Natürlich ... nicht ...
Ich werde sie beschützen.
Ich ...
... lasse nicht zu ...
... dass es für die beiden an so einem Ort end...

Klirr

Whusch
Batsch
Kyah!
Ssrt
Ssrt
Ssrt
Das Anwesen fühlt sich seltsam an ...
...
Lawrence ...?

Fsssch
Nicht bewegen!
Seine Wunden heilen nicht und er verbrennt in der Sonne ...
...
Der Geist war also der Kern des Sarges, was?
Hust

Er ist schließlich extra gekommen, um ihn zu retten.
Seit wann ist es wohl schon so?
Dass deine bloße Anwesenheit hier bereits so erfüllend ist?
グラ Wank
Uh!
Wann ...

... wurde dieser Ort ...?
Sst ズル
Sst ズル

Erna!
Bamm
Richter!

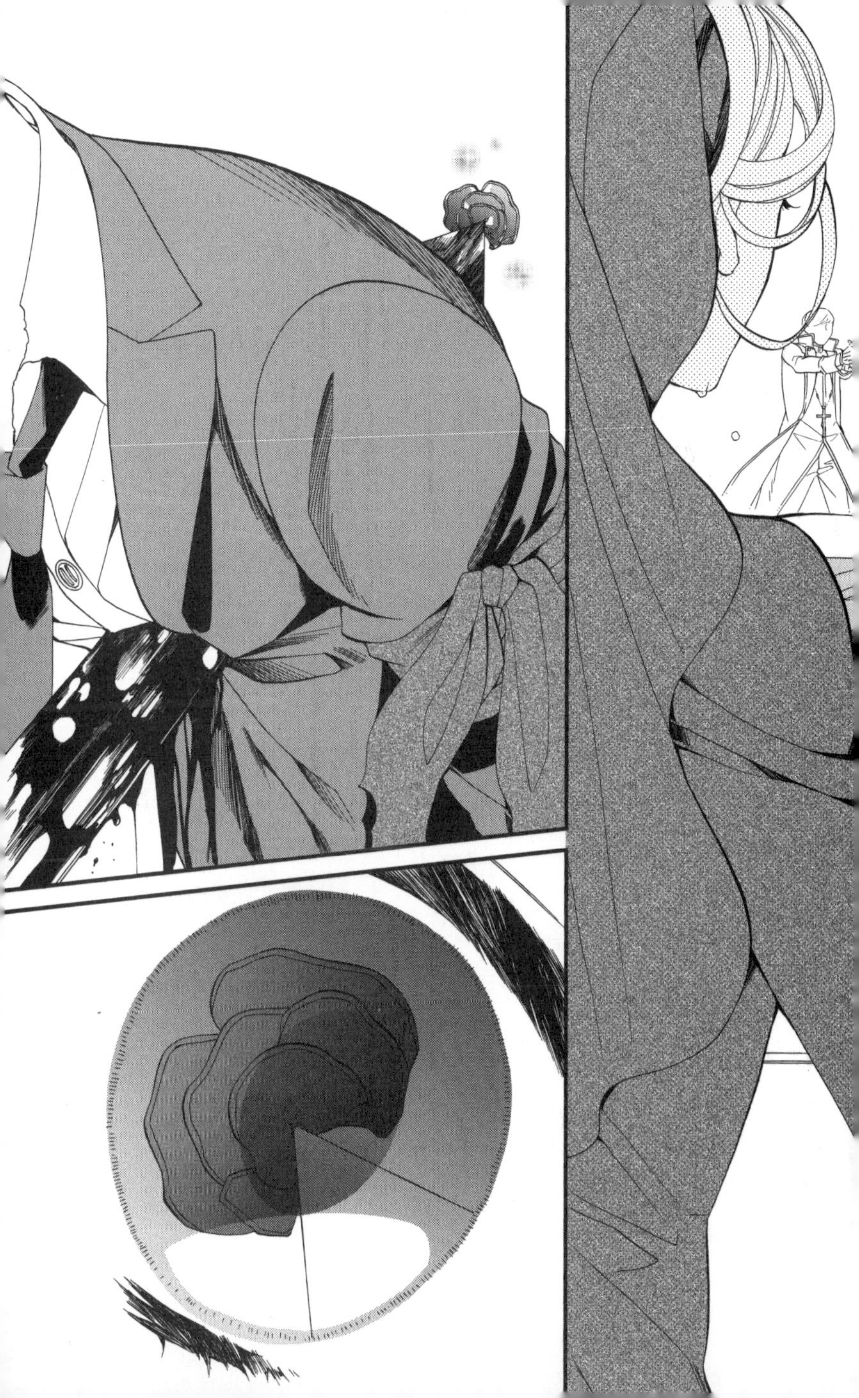

Richter!
Mir
...

... reicht allein die Tatsache, dass es dich gibt.
Krrrk
Solange ich mit dir hier sein kann, brauche ich nichts weiter.
Erna ...

Ich
...
...
habe
mich in
dich
...

Fwooosch
Kakrack
カシャン
Klirr
Klirr

»Richter, bitte geh nicht fort, ja?
Verlasse mich nicht! Geh nicht an einen Ort, den ich nicht kenne!«
Neeeeeein!

Bamm

Erna ...

Ssrt

Ssrt

Was ist das?!

Swusch

!

Ah

Ah

Wenn der Kern und der Hausherr ausgelöscht sind, bricht auch der Sarg zusammen, oder?
Wir ziehen uns zurück!
Jaaa!
Tomato
Pumpkin
Die Eliminierung des Vampirs Richter war ein voller Erfolg!

Patam

Wie lange willst du noch schlafen, Erna?
Na hör mal!
Erna war vom Morgen an mit dem Bepflanzen der Beete beschäftigt!
Im Gegensatz zu einem gewissen Jemand, der bis eben noch geschlafen hat!
Ach ja? Dann muss ich mich jetzt umso besser um sie kümmern ...
Nicht nötig!
Los, wir gehen, Erna!
Wohin denn ...?

Tschirp
チュン
Tschirp
チュン…
Tschirp
ピチチ…

Tschirp
チチチ
Klacker
ジャラ

Richter …?

Law-
rence?
…

Kapitel 66

Der Vampir Richter wurde niedergestreckt!
Pater Julius, der Sohn des Papstes, hat es am Ende geschafft, was?
Es heißt, Richter wäre ein Urvater gewesen.
Ein Mädchen soll sie bis zu seinem Nest geführt haben. Ob sie eine Botin Gottes war?!
Es ist auch wahrlich ein Segen ...
... dass Schwester Erna heil wieder zurück ist!
Krtsch

Erna ...

»Julius, der Erlöser«.

So sollen Sie jetzt betitelt werden!

Das Strafkommando und der Verstärkungstrupp haben zwar einige Verletzte zu verzeichnen ...
... aber dafür konnte der Urvater beseitigt werden.
Also sehen wir darüber hinweg.
Sein Sarg ist immer noch bestehen geblieben ...
Er stürzt weder ein, noch lässt er uns näher an sich heran ...
Hätte ich diese Verletzung nicht ...
... hätte ich den Sarg definitiv niedergebrannt.
Drück
Wwp
Krieee
Zasch
Dieser ...

Na, na …
… immerhin war es Ihre inbrünstige Liebe für Schwester Erna, die diesen grandiosen Erfolg ermöglicht hat, nicht wahr?
Selbstverständlich …
Gerade ich empfinde für Erna mehr als alle anderen …

Drei Tage sind vergangen, seit sie in den Turm des Sanatoriums gekommen ist.
Seitdem verhält sie sich unverändert so ...
Sie weigert sich sogar, Suppe und Brot zu essen.
...
Pater, sie ist ...
... in keiner panischen Raserei. Sollten wir ihr nicht die Handschellen abnehmen?

ポー/ Boff
Boff ポ/
Richter …
… Lawrence …
… wo seid ihr?
Warum …?
Das Monster und den Geist gibt es nicht mehr.
Du bist nämlich an Gottes Seite …
… an meine Seite zurückgekehrt.

Nein ...!
Pamm
Ah!
Neeeeeein!
Be-ruhige dich, Schwes-ter!
Ern...

Snff
Wa-rum?
Es ist alles gut. Atme tief ein.
Keine Angst. Du brauchst dir keine Sorgen zu machen.
Uuh!
Snff
Schließlich hast du doch Pater Julius an deiner Seite.
Warum ...?!

Erna ...
すZzz
シャラ Klirr
Bitte ruf ...
... meinen Namen.
Ich bitte dich ...
... erwache ...
... schnell aus deinem Traum ...

Du hast es doch längst bemerkt.
Schreck
Rich...
... ter
...
Uuh ...

»Nein!«
»Nehmt mir das nicht weg!«
»Alles, nur nicht das ...!«
Klimper
チャリ
Schwester Ernas Geisteszustand verschlechtert sich kontinuierlich.
Während wir in Richters Sarg eindrangen, hat sie uns als Feinde angesehen.
Es ist schade, aber ich befürchte, sie wurde wirklich von dem Vampir verleitet.

Als Ermittler, der dem Rat direkt untersteht ...
... stufe ich das Mädchen als Risikofaktor ein.
Ich bitte Sie alle um eine schnelle Entscheidung.
In der Tat ...
Allerdings hat Herr Julius eine große Vorliebe für dieses Mädchen.
Ein Grund mehr!
Die Schwester, die uns zu Richters Sarg geführt hat ...
... war eindeutig seltsam.
»Eine Schwester ohne Rosenkranz ist verdächtig. Das ist sicher eine Falle.«

Na und?

Wenn es so ist, werden wir sie zerquetschen und dazu zwingen, Informationen auszuspucken.

Wir müssen einfach nur voranschreiten.

»Solange sich dort Erna befindet, ist es mir recht.«

Schwester Erna wird Herrn Julius zerstören.

Wir möchten definitiv ...

... dass Herr Julius, der Erlöser, gesund und wohlauf bleibt.

Tack
Tack
»Nach der erfolgreichen Eliminierung des Vampirs Richter entlasse ich Sie aus Ihrer Haft.«
Obwohl Sie geschwiegen haben, war es vergeblich ...
... oder, Pater Richard?
Ein Herr mit Hut und eine Magd ...
Schade, dass es zu Ende ist, ohne dass bekannt wurde, wer sie waren.
Sie können gehen.

Julius scheint ganz schön mitgenommen, nicht?
Bitte unterstützen Sie ihn gut, Pater Ivan.
Das müssen Sie mir nicht sagen.
Ich wurde gebeten, für die Schwester einzuspringen und ihr Essen zu bringen.
Was machen Sie da? Das ist Schwester Ernas Turm.

Ist der nicht im Strafkommando?
Ist das so?
Ja, entschuldigen Sie mich.
Ich werde ...
... Herrn Julius unterstützen ...
Nick
Nick
»Du hast es doch längst bemerkt.«

... wenn sie bereits solche Speisen zu sich nehmen kann.

Bitte ...?

Stürm
Herr Julius?!
Erna nimmt momentan überhaupt kein Essen zu sich!
Neeein!
Bamm
Erna!

Wo ... ... ist er ...?
Ts!
Gib mir meinen Rosenkranz zurück!
Warum hast du ihn mir weggenommen?! Wieso?
Wusch
Ich bitte dich, nimm mir nichts mehr weg!

Tschack
Herr Julius!
Herr Julius ...
... können Sie nicht endlich damit aufhören?
Als Sohn des Papstes sollten Sie doch aufrichtig und ein Retter der Menschen sein, nicht?!
Hah ...
Ich bin überzeugt, dass Schwester Erna für Sie ...
... für uns alle ein schlechtes Omen ist, das nur Unheil bringt.

Verzeih mir ...
... dass ...
... so jemand ...
... wie ich geboren wurde ...

Verzeih mir ...
»Du hast es doch längst ...
... bemerkt.«
Schweig!

Ich ...
... habe dich geliebt.
Von jenem Tag an ...
... hatte ich definitiv ...
... immer nur Augen für dich.
Natürlich habe ich es bemerkt ...

Wie sehr du dieses Monster ...
Ugh!
Sie müssen verarztet ...
... werden ...
... wen deine Augen reflektieren.

Sind ...
... Sie verletzt ...?
Ich will ... ... dass Sie lachen ...
なで
Streichel
Es ist traurig ...
... wenn etwas weh-tut.
Ich will nicht, dass jemand ver-letzt wird ...
»Pater Julius!«

Sister & Vampire 8 / Ende

Romance 16 +

Game – Lust ohne Liebe

Mai Nishikata

Sayo ist eine echte Karrierefrau. Doch das schreckt die Männer ab. Keiner von ihnen scheint mit einer Frau umgehen zu können, die erfolgreicher ist als er. Frustriert lässt sie sich auf ein erotisches Spiel mit ihrem neuen Kollegen ein: Nur Sex, keine Gefühle lautet die Devise!

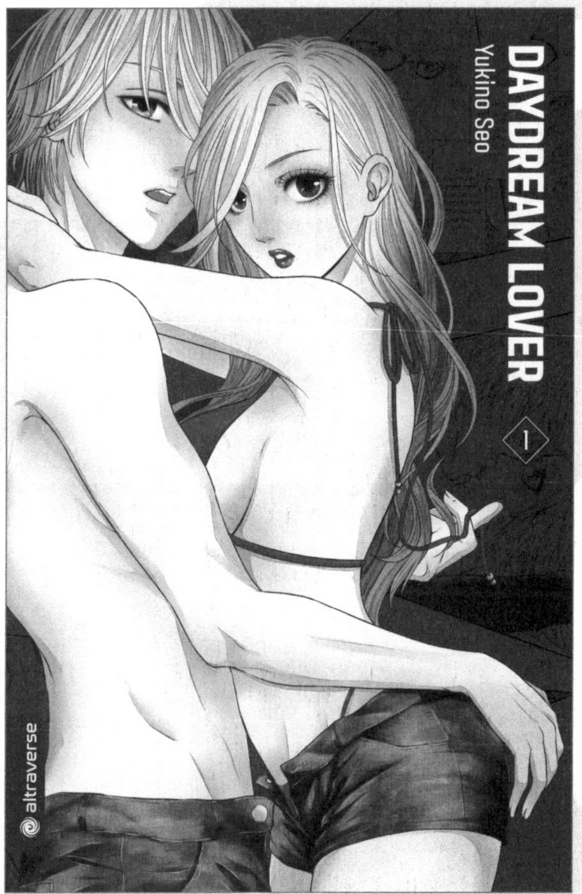

Daydream Lover

Yukino Seo

Jun sieht aus wie ein sexy Vamp, aber eigentlich ist sie ein schüchternes Mauerblümchen – und immer noch Jungfrau! Wann immer ihr ein süßer Typ begegnet, flüchtet sie sich in ihre erotischen Tagträume. Dabei wohnt der Mann ihrer Träume gleich nebenan ...

Deutsche Ausgabe / German Edition
Altraverse GmbH – Hamburg 2020
Aus dem Japanischen von Iga Handtke

SISTER TO VAMPIRE by Akatsuki

First published in Japan in 2019 by HAKUSENSHA, Inc., Tokyo.
German language translation rights arranged with HAKUSENSHA, Inc., Tokyo
through Tuttle-Mori Agency, Inc.

Redaktion: Kathrin Zimon
Herstellung: Jacqueline Wagner
Lettering: Vibrant Publishing Studio

Druck: CPI books GmbH, Leck
Printed in Germany

ISBN 978-3-96358-586-9
1. Auflage 2020

www.altraverse.de